BIBLIOTHÈQUE DES ENFANTS

LA POUPÉE

PEINTE PAR ELLE-MÊME

Saint-Denis. — Typographie de A. Moulin.

La Chambre de la poupée.

La poupée n'a pas un bon caractére.

LA POUPÉE

PEINTE PAR ELLE-MÊME

PAR

ALEXANDRE DE SAILLET

Illustré de 16 Gravures à deux teintes.

PARIS

LIBRAIRIE D'ÉDUCATION, A. COURCIER, ÉDITEUR

13, BOULEVARD SÉBASTOPOL (RIVE GAUCHE), 13

1862

LA POUPÉE

PEINTE PAR ELLE-MÊME

CHAPITRE PREMIER.

Un bal d'Enfants. — Première esquisse du portrait de La Poupée; elle est vaniteuse.

C'était le 4 janvier 18..... Le moment où tous les parents et amis ont offert aux enfants leurs étrennes... on n'en attend plus, et on jouit de celles qu'on a reçues... ah! La première quinzaine de ce mois est charmante pour toute la population enfantine,.... on n'est pas encore familiarisé avec ces joujoux... les impressions qu'ils ont produites sont encore dans toute leur fraîcheur... on ne voudrait jamais se séparer de ces jolis jouets... on les quitte le soir à regret, leur souvenir anime agréablement les rêves de la nuit, et le matin ils sont une des premières pensées qui président au réveil... avec quel bonheur on les retrouve!

La petite Émilie Rousseau n'avait pas à se plaindre de sa moisson, le 1er janvier n'est-il pas la moisson des enfants? n'est-ce pas ce jour-là qu'ils recueillent les premiers fruits de leurs petits travaux, de leur bonne conduite? La main du grand-père, de la grand'mère, du petit-père, de la petite-mère, des oncles, des tantes, s'ouvrent d'autant plus grande que les enfants ont mieux mérité... Il paraîtrait que la conduite d'Émilie avait été très-méritoire pendant toute l'année, puisqu'elle fut en réalité accablée d'étrennes... Et cependant Émilie était loin d'être sans défaut, elle en avait surtout un très-grand; elle convenait bien difficilement de ses torts dans les premiers moments, et si on l'eût laissée faire, elle eût volontiers discuté, même avec sa mère, pour s'efforcer de lui démontrer qu'elle n'avait pas tort... mais, en mère raisonnable, Madame Rousseau ne souffrait pas cette mauvaise tendance et dès les premiers mots, elle imposait silence à la petite Émilie, qui se taisait à regret, oh! bien à regret... on verra plus tard par quel petit stratagème elle trouva moyen d'éluder la défense de sa mère et de donner carrière à sa bile, et comment Madame Rousseau crut devoir tolérer ces petites ruses dans l'intérêt même de l'amélioration morale de sa fille; comment elle en fit un moyen excellent d'éducation sans qu'Émilie s'en doutât d'abord; car si les enfants usent parfois de ruses pour satisfaire leurs mauvaises dispositions, les parents n'en sont jamais dupes, et s'ils consentent dans de certaines circonstances à le paraître, pendant quelque temps, c'est toujours pour en tirer, au moment favorable, une leçon profitable à leurs enfants.

Émilie dédaigna tous ses joujoux; elle ne s'attacha qu'à un seul objet... une poupée... Émilie n'avait encore que huit ans, ou comme disaient autrefois les poëtes, elle ne comptait que huit printemps, et aux petites filles de cet âge une poupée offre encore bien des attraits, n'est-ce pas, mon aimable petite lectrice? d'ailleurs, la poupée d'Émilie était une vraie merveille... Écoutez plutôt.

Elle était de la taille d'un enfant de deux ans, ce n'était plus un bébé... non vraiment... c'était presque une petite demoiselle... rien de plus frais que son joli visage... une rose dans du lait... une chevelure blonde, soyeuse, longue, abondante, que Pauline, la femme de chambre de Madame Rousseau, coiffait plusieurs fois par jour, selon les modes les plus nouvelles au gré de sa jeune maîtresse; Mademoiselle Pauline avait vu naître Émilie, elle l'aimait tendrement et lui montrait une complaisance si extrême que plus d'une fois, Madame Rousseau s'était cru obligée de lui en faire un reproche; Mademoiselle Pauline promettait de moins céder aux exigences quelquefois abusives d'Émilie, mais il lui était si difficile de tenir parole à cet égard !

Elle lui enseignait donc à habiller, à déshabiller sa poupée, à la changer de toilette, car cette riche poupée avait un trousseau complet et des plus variés; toilettes du matin, toilettes du jour, toilettes du soir, de chambre, de ville, de campagne, de bal, de voyage, que sais-je encore? cela n'en finissait pas... Il avait fallu une armoire à glace pour serrer en ordre la garde-robe de la poupée... Là toute chose se trouvait rangée méthodiquement... La lingerie sur tel rayon, les cols, les manchettes, les dentelles sur tel autre; là les soies et les velours; là les mousselines, les percales à cette place, les chemises, les peignoirs, les camisoles à cette autre, les bas, les bonnets, etc.

Madame Rousseau, qui voulait inspirer à son Émilie le goût et l'habitude de l'ordre, exigeait que l'armoire de la poupée fût bien tenue, faute de soin, la petite fille devait perdre sa poupée, menace terrible! Aussi pendant les premiers jours tout alla bien et Madame Rousseau ne prit pas une seule fois sa fille en flagrant délit de désordre... mais ensuite, combien de fois Émilie eut-elle perdu sa poupée, si la bonne Pauline n'était venue secrètement ranger tout à sa place... C'était, je vous assure, parfois un chaos de robes et de jupons, de chemises, de châles, de camisoles, de cols et de manches à n'y rien comprendre... car Émilie aurait voulu changer vingt fois par heure la toilette de sa poupée et lui essayait tout sans jamais être satisfaite de rien... *L'abondance de biens ne nuit pas,* dit le proverbe; ici, le proverbe avait tort et la pauvre petite Émilie avait vraiment par trop *l'embarras du choix,* aussi quelle confusion!... les chaises, les fauteuils, le divan, le lit, par moments tous les meubles étaient encombrés, et l'on eût eu bien de la peine à trouver un siége pour s'asseoir. Quand ce tohu-bohu frappait les yeux de Madame Rousseau, celle-ci renouvelait sa menace :

— Quel affreux pêle-mêle, ma fille, lui disait-elle, répare-le bien vite ou la poupée disparaîtra! Je te l'ai dit et cela est bien convenu entre nous... ne l'oublie pas.

— Oh! non, maman, je m'en souviens; aussi tout à l'heure, avant ma leçon de piano, tout sera remis en place, vous verrez!...

L'ordre se rétablissait en effet, grâce aux soins officieux de la bonne Pauline... Oh! si madame Rousseau l'avait su!

Le 5 janvier, une des amies de Madame Rousseau donnait un bal d'enfants. Émilie naturellement y fut invitée plusieurs jours d'avance... la tête lui en tourna... à la leçon de grammaire, elle confondait les *prépositions* avec les *adverbes*... Elle eut été de force à dire que *noyaux* fait *noyal*, au singulier... au piano, elle confondait les *mi bémol* avec les *ut dièze*. La clé de *fa* avec la clé de *sol*, elle battait la mesure à contre-temps; il lui arriva de répondre à son professeur que 6 moins 1 fait 7... c'était chaque jour des bévues de ce genre... Madame Rousseau se promit bien de ne plus prévenir une autre fois sa fille à l'avance en pareil cas, mais seulement deux heures avant le départ... Madame Rousseau se tint parole et par ce moyen évita bien des réprimandes à Émilie et lui épargna bien des larmes.

Le matin du jour où devait avoir lieu le fameux

bal, Émilie en présence de sa mère, jouait avec sa poupée, elle causait avec sa poupée, fesant bien entendre, les demandes et les réponses, avec un simple changement de voix.

Emilie. Voyons, Mademoiselle, nous allons ce soir au bal, quelle toilette choisirez-vous?

La Poupée. Ma robe de damas rose bleu, avec trois bouquets de roses fraîches.

Emilie. Vous n'avez pas mauvais goût, et puis?

La Poupée. Des chaussons de satin blanc avec un joli petit nœud rose sur le cou-de-pied.

Emilie. Très-bien et encore... et votre coiffure?

La Poupée. Des nattes plates relevées autour du front et une couronne de bluets et de coquelicots.

Emilie. Ah! mais, vous êtes bien coquette, il me semble!

La Poupée. Ne faut-il pas faire honneur à sa petite maman...

Emilie. Et puis vous vous trouvez assez gentille, n'est-ce pas?

La Poupée. On n'est pas plus laide qu'une autre, mais une toilette élégante et riche ne nuit jamais, et puisque la fortune de ma petite maman me permet ce petit avantage, je ne vois pas pourquoi j'en serais privée.

Madame Rousseau avait écouté en silence ce dialogue simulé entre sa fille et la poupée, elle prit alors la parole.

« Ma chère enfant, je ne connaissais pas encore le caractère de ta poupée, lui dit-elle, mais elle se peint à mes yeux sous d'assez vilaines couleurs, dis-lui d'abord, de ma part, qu'elle n'est qu'une petite sotte et qu'elle n'a pas de goût; la toilette qu'elle désire serait fort ridicule à un enfant et ne l'embellirait certainement pas; dis-lui aussi qu'elle se trompe elle-même, ce n'est pas pour faire honneur à sa petite mère qu'elle désire une si riche toilette, mais en réalité c'est dans l'espoir d'éclipser ses petites amies; ta poupée, mon Émilie, n'est, j'en ai bien peur, qu'une petite vaniteuse bien sotte, et bien ridicule, dis-le-lui de ma part.

Emilie. Oh! maman, des mots si durs.

Madame Rousseau. Tu dois rectifier ses idées si elle ne sont pas justes et pour cela quel meilleur moyen que de lui dire toute la vérité, si dure qu'elle soit? J'espère que tu ne te crois pas obligée de flatter ses défauts.

Émilie se mordit les lèvres et garda le silence, elle avait compris.

Le soir, sa mère lui fit mettre une simple robe

blanche avec un par-dessous rose. Elle fut coiffée en bandeaux plats, le front ceint d'une couronne de boutons de rose, une ceinture cerise à fleurs blanches compléta sa toilette. Elle eut été vraiment gentille sous ce simple et frais costume, si un air de mauvaise humeur n'eut assombri son visage; ses amies la crurent indisposée et lui demandèrent avec bienveillance si elle souffrait... Elle crut voir dans ces paroles une intention railleuse et sa mauvaise humeur redoubla... Elle fut maussade, ne prit point part à la fête qui lui parut durer un temps infini, quand sa mère l'avertit du départ : Ah! enfin! s'écria Émilie avec un soupir d'aise; j'ai cru que ce bal ne finirait pas!

« Émilie, lui dit sa mère, je ne suis pas contente de toi?

— Pourquoi donc, maman?

— Ta conscience te le dira mieux que moi.

— En vérité, petite mère.

— Tu as été maussade, tu as boudé.

— Mais aussi, maman, n'y avait-il pas de quoi?...

— Oh! tu as toujours raison, c'est entendu; mais je ne veux pas que tu essaies de m'en convaincre... Je te livre à tes réflexions. Embrasse-moi, et bonsoir, ma chère petite fille; à demain.

Que de belles justifications, prêtes à sortir de ses lèvres, Émilie fut obligée de renfoncer en elle-même. Elle en avait gros sur le cœur, et se croyant bien sûre de son innocence, elle pleurait silencieusement de dépit qu'on ne voulût pas l'entendre.

Aussi, le lendemain, la conversation entre Émilie et sa poupée recommença de plus belle.

Émilie. Allons! habillez-vous, mademoiselle, et ne me parlez plus de vos belles robes; la simplicité est la plus belle parure.

La Poupée. Mais alors à quoi bon avoir de riches toilettes, si je ne puis m'en servir?

Emilie. Ah! au fait... la question est embarrassante... Petite mère, as-tu entendu la question de ma poupée? Je ne sais vraiment que répondre.

Madame Rousseau. Dis à ta poupée qu'elle a raison, puisqu'elle est une dame, ou du moins une grande demoiselle, et non une enfant.

Emilie. Vous entendez, mademoiselle?

La Poupée. Oui; et j'en suis contente, car je m'ennuyais bien quand j'étais enfant; on me mettait en blanc, et le blanc m'allait si mal que, pour se moquer de moi, mes petites amies me demandaient des nouvelles de ma santé, ce qui me piquait et me contrariait infiniment.

Madame Rousseau. Vraiment, ma chère Emilie, les aveux successifs de ta poupée ajoutent un trait de plus à son portrait... Hier, je ne la croyais que vaniteuse, je vois aujourd'hui qu'elle est douée d'une susceptibilité bien irritable; elle a l'esprit mal fait. Sa mauvaise humeur sans cause ne l'embellissait pas hier, il s'en faut; on lui demandait des nouvelles de sa santé par une amitié bienveillante, et, dans sa mauvaise humeur, elle voyait une raillerie dans une marque d'intérêt; c'était bien mal. Dis-lui, je te prie, ce que tu en penses, et gronde-la un peu; elle le mérite.

CHAPITRE II.

La Tombola grammaticale. — Quelques traits nouveaux du portrait de La Poupée; elle est paresseuse.

Madame Surivay et madame Rousseau étaient fort amies. La première avait une petite fille de l'âge d'Émilie; celle-ci et Julia étaient nécessairement très-liées et se voyaient fréquemment.

Madame Surivay dirigeait avec un soin extrême l'éducation de sa chère Julia, et lui choisissait une compagnie de petites filles de son âge qui se réunissaient tantôt chez elle, tantôt chez Madame Rousseau ou chez une autre mère de leurs jeunes amies.

Dans les premiers jours du mois de janvier, Madame Surivay, voulant s'assurer des progrès de sa fille et exciter son émulation, eut l'idée de lui faire subir, à elle et à ses jeunes amies, un examen de grammaire.

Voici le Lot gagné à la Tombola.

La poupée d'Emilie ne peut rien répondre.

Mais elle voulut en même temps que cet examen se dissimulât sous les apparences du plaisir; elle résolut donc d'en faire une petite fête; en conséquence, elle invita les petites compagnes de Julia à une tombola, sorte de loterie amusante, où l'esprit joue le plus grand rôle.

Chacune des petites filles devait tirer trois numéros au hasard; chacun de ces numéros correspondait à un lot grammatical; mais pour obtenir le lot, il fallait répondre à la question grammaticale qui y était attachée comme une étiquette, écrite en gros caractères. Par une espèce de plaisanterie qui les fit bien rire, les questions étaient supposées adressées à leurs propriétaires, qui devaient répondre pour leurs poupées, en changeant le timbre de leurs voix.

La joie des petites filles fut très-vive; et elles se mirent activement à repasser tous les éléments de leur grammaire.

Quand je dis *toutes*, je me trompe; il y en eut une qui n'y mit aucune activité; ce fut Émilie.

« Ta poupée, lui disait sa mère, de temps en temps va subir un examen sur la grammaire, et je crains bien qu'elle ne puisse pas répondre. Ce sera fort humiliant pour toi, en présence de tes jeunes amies et de leurs mères; on dira que tu négliges son éducation

2

et que tu ne remplis pas tes devoirs envers elle.

Alors Émilie prenait sa poupée : Voyons, mademoiselle, répondez un peu à mes questions… Qu'est-ce que le pronom?

La poupée. C'est un mot qui tient la place du nom.

Emilie. Combien y a-t-il de parties du discours?

La poupée. Il y en a dix, savoir : l'article, le nom, le pronom, l'adjectif, le verbe, l'adverbe, le participe, la préposition, la conjonction et l'interjection.

Emilie. Très-bien. Qu'est-ce que le nom?

La poupée. Le nom est un signe d'objets ; il représente, il sert à nommer les personnes et les choses.

Emilie. Et le verbe?

La poupée. C'est un mot qui marque que l'on est ou que l'on fait quelque chose.

Emilie. Très-bien ; je suis contente de vous.

Madame Rousseau. Tu n'es pas difficile à contenter ; tu lui adresses des questions auxquelles répondrait aisément une petite fille de six ans. Demande-lui donc, par exemple, combien il y a de sortes de verbes intransitifs et ce que c'est qu'un verbe intransitif.

Emilie. Vous entendez, Mademoiselle ; qu'est-ce qu'un verbe intransitif?

La poupée. Je ne le sais pas.

Madame Rousseau. Dis-lui de consulter sa grammaire.

Emilie. Consultez votre grammaire, Mademoiselle.

La poupée. S'il faut la consulter pour tout ce que je ne sais pas, ce sera trop long, et je n'y suffirais pas en trois jours. D'ailleurs, je l'aurais promptement oublié...

Madame Rousseau. J'ai peur qu'elle n'ait aucun lot à la tombola.

Emilie. Mademoiselle, vous n'aurez rien à la tombola.

La poupée. Puisque c'est un jeu, il n'y aura pas de question difficile; d'ailleurs, je gagne toujours aux loteries, et s'il y a des questions difficiles, j'aurai la chance de ne pas mettre la main sur celles-là.

Madame Rousseau. Ta poupée raisonne fort mal et comme une petite paresseuse ; voilà un trait nouveau qui ne l'embellit pas à mes yeux.

Le soir de la tombola étant arrivé, Mesdemoiselles Pauline et Émilie procédèrent à la toilette de la poupée d'abord ; elle allait en visite, il fallait qu'elle fût belle, et sur cet article-là Émilie était fort exigente d'habitude ; mais, ce soir-là, elle n'y mettait point d'empressement, elle trouvait tout bien ; cette indifférence fut remarquée par madame Rousseau ; mais comme elle en savait fort bien la cause, elle crut devoir garder le silence.

Émilie montra la même indifférence pour sa toilette à elle-même, et la fit traîner en longueur le plus qu'il lui fut possible.

— Dépêchez-vous donc, Mademoiselle, lui disait la femme de chambre; Madame votre mère sera prête bien longtemps avant vous.

— Mon Dieu, Pauline, je ne sais ce que tu as ce soir à me bousculer ainsi.

— C'est qu'on dirait que vous comptez vos mouvements.

— Je réfléchis, je suis préoccupée...

— Vraiment?

— Je voudrais bien te voir à ma place! Un examen de grammaire sous prétexte de loterie!... Si ce n'est pas une vraie trahison?...

— Oui, pour celles de vos amies qui auront été paresseuses;... mais vous ne devez avoir aucune crainte. Pour vous, ce ne sera qu'un jeu très-amusant... D'ailleurs, ce n'est pas vous qui répondez, c'est votre poupée...

— C'est cela! moque-toi de moi! Comme si les poupées parlaient!

— La vôtre parle bien pourtant... quand je dis

bien, j'ai peut-être tort, puisque ce n'est pas l'avis de madame votre mère...

— Pauline, tu es vraiment insupportable, ce soir.

— C'est bien, Mademoiselle, je me tais, mais de grâce dépêchez-vous!

« Eh bien! dit madame Rousseau, en survenant, tu n'es pas prête encore, il faut donc que je t'attende!

— Maman, je vous assure...

— Allons, dépêche toi, je te donne cinq minutes!

Émilie n'était point directement désobéissante; elle se hâta en poussant des soupirs qui attristaient sa mère, mais sans lui faire changer sa résolution.

— Bonne petite mère, si tu voulais, nous n'irions pas à cette tombola; je t'en prie, n'y allons pas.

— J'ai promis, et d'ailleurs, pourquoi n'irions-nous pas.

— J'ai peur que ma poupée réponde mal.

— Allons donc! une loterie, c'est un jeu, il n'y aura pas de questions difficiles, et s'il y en a, tu as la main heureuse, tu ne prendras pas celles-là... ne gagnes-tu pas toujours aux loteries?

Émilie se mordit les lèvres; elle ne pouvait

répondre, étant battue avec ses propres paroles; elle regrettait amèrement alors de les avoir prononcées, mais il était trop tard, il fallut partir.

A son entrée tardive chez Madame Surivay, elle fut joyeusement accueillie par toutes ses petites amies.

— Ah! voilà Émilie!

— Enfin, te voilà!

— Nous n'attendions plus que toi!

— Tu es bien en retard!

— Tu n'as pas ta bonne mine habituelle!

— Est-ce que tu es encore indisposée comme la dernière fois? A ces dernières paroles, Émilie eut volontiers pleuré et elle ne répondait pas; heureusement, l'impatience de ses amies coupa court à son cruel embarras.

— La tombola! la tombola! comme cela va être amusant. On tira les numéros au sort. Émilie eut les trois derniers numéros, les plus difficiles.

Toutes les petites filles, leurs poupées assises sur leurs genoux, assises elles-mêmes autour d'une table, se préparèrent à faire répondre leurs poupées.

— Ma belle petite Emma, c'est votre poupée qui commence, dit Madame Surivay... voyons vos questions. — *Huit?* qu'est-ce que ce mot-là?

La poupée d'Emma. C'est un nom de nombre cardinal; l'adjectif ordinal correspondant est *huitième.*

Madame Surivay. Bien. Voici le lot gagné par votre poupée.

Emma déployant son lot... Ah! une charmante broche en or représentant un huit.

Toutes les petites invitées. Voyons! voyons! oh! que c'est joli! si ma poupée pouvait gagner un joli lot comme celui-là!...

Madame Surivay. Voilà la seconde question, *mouton,* qu'est-ce que ce mot?

La poupée d'Emma. C'est un nom substantif commun masculin singulier.

Madame Surivay. Très-bien encore, voici le lot gagné par votre poupée.

Emma développant son lot... Encore plus joli! voyez donc, Mesdemoiselles, un charmant mouton en pâte de Sèvres!

— *Toutes les petites invitées...* Comme il est mignon!... comme il est gentil avec son ruban rose au coup! — Oh! c'est bien amusant une tombola grammaticale!

Madame Surivay. Voici le troisième lot... *Trinquons!*

La poupée d'Emma. — Ce mot est un verbe intransitif de la première conjugaison, au mode impératif, à la première personne du pluriel.

Madame Surivay. Toujours très-bien, chère petite ! et cette fois la question était assez difficile... Faites-lui bien mes compliments à votre poupée, elle est studieuse et appliquée. Voici le lot gagné par elle.

Emma développant son lot et riant aux éclats après l'avoir vu... ah ! que c'est drôle ! deux singes dans la posture la plus comique, avec la grimace la plus risible, ils trinquent d'une main et tiennent chacun une bouteille de l'autre main avec ce mot écrit au bas : « *Trinquons!*

Madame Rousseau. C'est une figurine sculptée artistement dans du sapin suisse... C'est fort joli.

Emma. Ce lot figurera sur ma petite étagère avec mon mouton en pâte de Sèvres, n'est-ce pas, maman?

La maman. Certainement, et ces deux objets en seront les plus jolis ornements.

Les singes sculptés grossirent de main en main, provoquant des rires, des exclamations, de joyeuses observations parmi la jeune compagnie.

La tombola continua ainsi au grand plaisir de toutes nos petites amies qui gagnèrent toutes leurs lots; Madame Surivay usait un peu d'indulgence, aidant les mémoires moins sûres d'elles-mêmes et facilitant les réponses. Chaque lot correspondait à la question; c'étaient tous objets élégants et choisis; des livres charmants, des jeux de patience, des statuettes en porcelaine, en cristal...

Le tour d'Émilie arriva enfin; elle ne put rien répondre et rougit d'humiliation pendant un quart heure, retenant ses larmes à grand'peine.

— Consolez-vous, ma mignonne, lui dit Madame Surivay qui eut pitié d'elle, votre poupée est mal disposée ce soir, elle est peut-être souffrante, les poupées le sont quelquefois, acceptez pour elle ces trois lots, car je suis sûre qu'elle les gagnera à la prochaine occasion.

L'orgueil d'Émilie l'eut portée à refuser ce qu'elle n'avait pas gagné; un coup d'œil de sa mère l'empêcha de commettre cette inconvenance, elle accepta en rougissant jusqu'aux oreilles et balbutia un remercîment.

Le retour à la maison fut silencieux. Madame Rousseau crut la leçon suffisante et ne voulut pas accroître chez sa fille une souffrance déjà si vive.

La leçon n'était pourtant pas suffisante; car le lendemain la poupée d'Émilie parla, et comme d'habitude, elle parla sottement.

Emilie à sa poupée. Vous n'avez pas été heureuse hier, Mademoiselle.

La Poupée. Non, certes... je n'ai pas eu de chance.

Madame Rousseau sans quitter sa broderie. Les paresseux n'ont jamais de chance.

Emilie à sa poupée. Cependant vous avez eu vos trois lots.

La Poupée. J'aurais préféré ne pas les avoir.... mon humiliation était déjà bien assez cruelle.

Madame Rousseau. Voici encore une tache dans le portrait de ta poupée; dis-lui de ma part, qu'il est convenable d'accepter avec résignation une humiliation méritée, c'est l'aveu d'un tort, un bon esprit doit savoir reconnaître ses torts... c'est un commencement de réparation; en acceptant ses trois lots dans la manière dont ils étaient offerts, c'était aussi prendre l'engagement de les mériter à l'avenir... Est-ce que par hasard ta poupée regretterait d'avoir pris cet engagement et ne se sentirait pas le courage de tenir sa promesse?

Émilie et sa poupée gardèrent un silence pénible au cœur de Madame Rousseau.

La dinette des poupées.

Les poupées dansent la polka.

CHAPITRE III.

A veille du jour de l'Épiphanie, Madame Sanders, mère de Christine, l'une des petites compagnes d'Émilie, invita toutes les poupées amies à venir célébrer chez elle le jour des Rois; elle les invitait à une dînette splendide où le sort de la fève élirait une poupée reine. Il était nécessairement sous-entendu que les mets seraient consommés par les maîtresses des poupées, puisque celles-ci ne mangent pas plus qu'elles ne parlent; leur existence et leur rôle est donc partout de convention; les poupées sont une fiction, une sorte d'allégorie très-semblable à celle par laquelle les fabulistes, La Fontaine, Florian, etc., supposent les animaux, les arbres, les pierres, etc.,

non-seulement capables de sentir et de penser, mais
encore de parler, et leur prêtent, pour quelques
instants, leurs propres sentiments, leurs pensées,
revêtues de leurs propres paroles. Ainsi présentée,
comme sous un voile agréable et transparent, la
vérité, quelquefois si pénible à entendre, se fait
accepter plus aisément par les esprits doués d'une
irritable susceptibilité ; la leçon donnée avec ces
amiables ménagements ne fait rougir personne, et
produit plus sûrement de bons résultats.

Les six poupées amies furent exactes au rendez-
vous : une grande table basse était dressée et présen-
tait six couverts et douze siéges, six petites chaises
pour les poupées, et six plus hautes pour leurs maîtresses.

Dressée avec toute la symétrie d'un repas de céré-
monie, cette table offrait un coup d'œil ravissant.
Tout y était en rapport avec la taille des poupées;
c'était un banquet de Lilliputiens. Figurez-vous des
assiettes de porcelaine peinte et dorée qui auraient
aisément tenu dans le creux de ma main; des verres
de table en cristal taillé de la capacité d'un petit
verre à liqueur, des carafes, des bouteilles pas plus
hautes que mon doigt; des couverts d'argent, cuillères
et fourchettes, qui auraient presque pu être sus-

pendues comme des breloques à la chaîne de ma
montre; des flambeaux en bronze doré et ciselé, dont
six n'auraient pas rempli ma poche, et, dans ces
flambeaux, des bougies bleues, roses, de toutes couleurs, grosses comme mon porte-plume. Les couteaux
ressemblaient à de forts canifs, les rouleaux des ser-
viettes à des bagues; rouleaux en pur argent, s'il
vous plaît. Mais c'était le surtout, qu'il fallait voir!
Des corbeilles de porcelaine remplies de roses-pom-
pons, de camélias nains, de violettes de Parme, au
milieu desquelles jouaient des pommes d'api roses et
blanches, fraîches et brillantes, et appétissantes, des
grappes de petit raisin de Jérusalem. Le repas fut
servi par les femmes de chambre de Madame Rousseau et de Madame Sanders. Il comportait trois ser-
vices complets : bœuf, rôti, poisson, salade, entre-
mets sucrés et non sucrés, des desserts à profusion,
petits-fours délicats, primeurs délicieuses, fraises
appétissantes, ananas succulents, confitures dia-
phanes, compotes d'oranges juteuses. Rien de plus
joli, de plus attrayant, de plus séduisant pour les
yeux, pour l'odorat, pour le goût; la portion de
chaque poupée était bien mince, mais il y avait tant
de plats, que ces petites portions, à force de se répéter, finissaient par constituer un dîner très-confor-

table et parfaitement suffisant pour des enfants de l'âge de nos petites filles.

Quelle poupée fut reine? L'histoire ne le dit pas; mais elle dit que la dînette fut très-gaie, très-amusante, qu'on y rit beaucoup; que les poupées firent honneur au choix des mets, à leur multiplicité; on n'entendait que ces mots :

— Eh! la poupée de Berthe fait honneur au rôti!... En voudrait-elle encore?

La poupée de Berthe. Merci! mais j'accepterais volontiers du poulet.

— Servez du poulet à Mademoiselle.

— La poupée de Julia accepterait-elle un peu de salade de homard?

La poupée de Julia. Volontiers, mais bien peu, s'il vous plaît.

— La poupée d'Emilie reviendrait-elle au poisson?

La poupée d'Émilie. Avec plaisir; je le trouve excellent.

Emma. Prends garde, Émilie, c'est la quatrième fois que ta poupée y revient; elle va se rendre malade.

— La poupée de Louise veut-elle un peu de crême au chocolat?

La poupée de Louise. Bien, merci; je commence à n'avoir plus d'appétit.

— Et la poupée d'Ernestine?

La poupée d'Ernestine. Non, je laisserai passer la crème sans y toucher.

Et la poupée d'Émilie?

La poupée d'Emilie. Volontiers.

Ernestine à Emilie. Vraiment, Émilie, ta poupée a un appétit effrayant!... N'est-ce pas la troisième fois qu'elle revient à la crême?

Émilie. Je ne sais, je n'ai pas compté. Ce que je sais, c'est que ma poupée jouit, à ce qu'il paraît, d'un excellent estomac; elle a été élevée à la campagne, et l'habitude du grand air... vous comprenez, mesdemoiselles...

— C'est vrai; elle est la plus robuste de nos poupées.

— Voyez quelles bonnes grosses joues!

— Quel teint vermeil!

— Tu as raison, Émilie, il faut entretenir les belles joues de ta poupée.

— Et son teint magnifique.

— Ah! la reine boit! la reine boit!

— La reine... a bu!

— La reine boit si souvent, qu'elle ne laisse pas à nos poupées le temps de manger.

— La reine boit! La reine boit!

—Elle le fait exprès, je crois !

—A l'amende, Julia, ta poupée n'a pas crié : la reine boit !

— Ma poupée ne pouvait pas crier, puisqu'elle avait la bouche pleine !

— Mais si l'on consultait chacun, si l'on avertissait dix minutes à l'avance, il n'y aurait jamais d'amende...

— C'est vrai ! c'est vrai ! A l'amende, la poupée de Julia !

Émilie. — Ma poupée reprendrait bien un peu de nougat.

—Ah ! c'est juste, le grand air ! Passez du nougat à la poupée d'Émilie.

Ernestine (bas à Berthe). C'est égal, si la poupée d'Émilie n'a pas une indigestion, je dirai qu'elle a un fameux estomac.

Berthe. Dam ! que veux-tu, l'habitude du grand air ?...

Ernestine. Et puis, une poupée élevée à la campagne, tu conçois.

Les deux amies rient aux éclats.

Emma. Mesdemoiselles, vous vous amusez à part, ce n'est pas de franc jeu, puisque nous sommes en société.

Julia. Vous devez poliment nous faire participer à votre gaîté.

Emma. Quelle est le sujet de vos rires ?

Berthe. Des enfantillages.

Émilie. Des méchancetés peut-être !

Emma. Allons ! ne nous fâchons pas... Oh ! la reine...

Toutes. La reine boit.

La dînette se passa fort gaîment ainsi; pour finir cette mémorable soirée, madame Sanders se mit au piano, et les poupées exécutèrent une rapide polka, après laquelle, poupées et petites filles se séparèrent avec ces exclamations répétées de tous côtés : Oh ! la charmante dînette ! l'amusante soirée ! je ne l'oublierai jamais ! Ni moi non plus ! ni moi non plus !

Madame Rousseau était venue chercher sa fille, et cette fois rien ne paraissait devoir faire tache sur le plaisir qu'avait éprouvé sa fille. On se coucha tranquillement.

Mais vers minuit Émilie se réveilla très-souffrante. Elle se plaignait de la tête, de l'estomac... Madame Rousseau se leva très-effrayée, d'abord des gémissements de sa fille; mais elle ne tarda pas à se rassurer, quand elle en eût connu la cause; on lui fit prendre plusieurs tasses de thé et de café; ses dou-

leurs se calmèrent et disparurent après une heure de
soins.

— Ah! lui dit sa mère en se recouchant; ta poupée, ma chère enfant, ne gagne pas à être connue;
chaque jour elle ajoute elle-même un trait peu agréable à son portrait; je rougis, en te le disant, ta poupée est gourmande.

Le lendemain Émilie gronda sa poupée.

— Fi! Mademoiselle! vous me faites rougir de
honte; hier vous vous êtes abandonnée à un vice dégradant, vous avez été gourmande!

La poupée. Les mets étaient si appétissants!

— Belle excuse! on sait bien que vous n'auriez pas
tant mangé, si le rôti avait été brûlé et les crêmes
tournées...

La poupée. Et puis on me tentait, en m'offrant plusieurs fois des choses que j'aime le plus...

— Il ne fallait pas accepter; cette excuse diminue
pourtant un peu la gravité de votre faute.

Madame Rousseau (en souriant). Oh! bien peu, je
t'assure.

La poupée. Et puis les bouchées étaient si petites,
pouvais-je deviner qu'elles me feraient mal?

Emilie (à sa mère). Maman, cette raison me paraît
sans réplique.

Madame Rousseau (riant malgré elle). C'est que tu n'es pas encore très-forte en fait de raisonnement ; — dis à ta poupée qu'un poids d'un gramme est assurément bien petit mais que mille grammes font un kilogramme.

Emilie (étonnée). Mais, oui, c'est vrai ! c'est pourtant bien simple, et dire que je n'y ai pas songé !

Madame Rousseau. Je le crois, car tu es assez étourdie pour cela... Mais recommande sérieusement à ta poupée de ne pas l'oublier à l'avenir.

CHAPITRE IV.

Le frère de madame Rousseau était capitaine
au long cours. On donne ce nom aux capitaines des navires marchands qui font le commerce avec les pays d'outre-mer. On ne devient
pas capitaine au long cours sans avoir beaucoup
navigué, fait des études spéciales, passé des exa-
mens, obtenu des brevets; ces précautions se com-
prennent, puisque la vie des passagers, la fortune
des commerçants pourraient être à chaque instant
compromises par l'ignorance ou la maladresse de
l'homme qui commande le navire.

Presque toujours, les capitaines au long cours ont
des intérêts à bord du navire qu'ils commandent et
font un peu le commerce pour leur propre compte,

assez pour gagner quelquefois une grande fortune en quinze ou vingt voyages d'outre-mer.

Chaque fois que le capitaine Desgobets revenait en France, il ne manquait pas de venir passer un mois ou deux à Paris près de sa sœur qu'il aimait tendrement, et chaque fois aussi il se trouvait dans ses bagages quelques caisses, quelques paquets à l'adresse de Madame Rousseau et de sa fille.

Vous devinez sans peine ce que contenaient ces caisses et ces paquets... C'étaient des présents destinés par le capitaine à son beau-frère, à sa sœur, à sa nièce. Car cet excellent homme avait dû renoncer à se marier, à cause des dangers auxquels il était sans cesse exposé, de ses longues absences et des inquiétudes douloureuses qu'elles eussent causé à son épouse, à ses enfants. Aussi il aimait Émilie comme si elle eût été sa fille; il saisissait toutes les occasions de lui être agréable, et son plus grand plaisir était d'en procurer un à sa petite nièce.

Il ne la gâtait pourtant pas; bien convaincu que c'est rendre un très-mauvais service aux enfants que de les flatter dans leurs petits défauts, ou même de ne pas combattre et rectifier leurs mauvaises dispositions. « Les parents, disait-il souvent, doivent aimer les enfants pour eux-mêmes, et la plus sûre, la seule manière qu'ils aient de leur prouver leur amour, c'est de les rendre meilleurs. Il nous est sans doute pénible de gronder et de punir, nous préférerions n'avoir jamais qu'à louer ou à récompenser, ce serait beaucoup plus commode et plus doux ; mais comme cela est impossible, il faut nous résigner à nous montrer sévères à l'occasion et nous consoler de cette dure nécessité, en songeant que nos enfants, devenus grands, nous en remercieront et qu'ils ne nous aimeront et ne nous en respecteront que davantage.

Comme on l'a vu, Madame Rousseau partageait les opinions de son frère en matière d'éducation, elle suivait avec vigilance les plus légers symptômes des défauts de sa fille, s'efforçant de les réprimer doucement et par l'empire de la raison, mais très-capable de sévir et très-décidée à agir énergiquement, le jour où les circonstances l'eussent exigé impérieusement.

Émilie aimait beaucoup son oncle, mais son affection sans être moins vive pour cela, était mêlée d'un grand respect et d'un peu de crainte.

Il suffisait pour la faire rentrer en elle-même que sa mère lui dît : « J'instruirai ton oncle de ta paresse » pour qu'aussitôt elle se mît au travail.

La sévérité du capitaine était pourtant plutôt pas-

sive qu'active; il grondait rarement, mais il devenait
froid avec sa nièce, silencieux, indifférent; il ne s'oc-
cupait pas plus d'elle que si elle eût été à cent lieues
de la maison, et si elle lui adressait la parole, il ne lui
répondait que par des monosyllabes : « oui, non, c'est
possible, je ne sais pas; » insistait-elle, au lieu de lui
dire *tu*, il lui disait *vous*; « laissez-moi, je vous prie,
je n'ai ni le temps ni la volonté de m'occuper de vous, »
ou bien « je ne puis souffrir les enfants paresseux ou
désobéissants, » ou bien encore : « vous m'aimez, dites-vous, et moi je ne vous crois pas; cause-t-on des
chagrins aux personnes que l'on aime ? » Cette indifférence, cette froideur dans les paroles, dans le ton,
dans l'air du visage duraient jusqu'au moment où Madame Rousseau disait au capitaine : « Mon frère, ren-
dez, je vous prie, vos bonnes grâces à votre nièce, je
suis contente d'elle. » Cependant encore le capitaine se
faisait prier, enfin il cédait : « Eh! bien, Émilie, puisque
tu es redevenue ma nièce, causons un peu. » Et la
petite fille, toute radieuse, venait s'appuyer gracieuse-
ment sur l'épaule du brave marin qui lui racontait
alors quelques-unes de ses terribles aventures de mer,
tempêtes, naufrages, calmes plats, excursions chez
les sauvages, et mille autres récits dont sa mémoire
abondait; Émilie l'écoutait bouche béante, toute fré-

missante d'émotion et tellement suspendue à sa parole qu'elle eût laissé passer sans apercevoir les heures des repas, et pourtant nous savons par elle-même qu'elle jouissait d'un robuste estomac. « *N'avait-elle pas été élevée à la campagne ? et qui ne connaît les effets de l'habitude du grand air ?* »

Le capitaine revint à cette époque d'un voyage, et selon son habitude, il accourut chez sa sœur, précisément il arriva comme elle venait de sortir avec Émilie. La bonne Pauline le conduisit immédiatement à sa chambre ; il fallait traverser le salon pour y arriver.

— Laissez ici cette caisse et ces paquets, dit le capitaine à son matelot en traversant le salon, et venez louvoyer un peu avec moi à travers les rues de Paris que vous n'avez jamais vues ; je vous piloterai.... Pauline, je serai de retour pour l'heure du dîner.

Quelque temps après, Mme Rousseau et sa fille revinrent de leur promenade. C'était le moment d'étudier son piano, Émilie s'y mit résolument, mais à peine eut-elle frappé les premiers accords qu'elle s'entendit appeler : « Émilie ! Émilie ! »

Elle crut que sa mère l'appelait de sa chambre ; elle y courut : Vous m'avez appelée, maman ?

— Pas le moins du monde.

Emilie caresse son oncle le Marin.

Emilie laisse échapper la perruche.

— Oh! cependant j'avais cru..... je me serai trompée....

Elle se remit au piano, mais au bout de cinq ou six minutes : « Émilie! Émilie! soignez votre poupée! »

— Ah! pour cette fois, dit-elle, j'ai bien entendu; mais la voix ne vient pas de la chambre de maman. Elle vient de la salle à manger!

Elle y courut. — Tu m'as parlé, Pauline?

— Non, Mademoiselle.

— Comment, vraiment, tu ne m'as pas appelée?

— Non, vraiment, Mademoiselle.

— C'est bien étonnant!.... cependant je suis sûre.... mais évidemment, je me serai trompée.

Elle reprit sa musique, cinq minutes s'écoulèrent, puis : « Émilie! Émilie! La poupée d'Émilie est vaniteuse! »

— Oh! cette fois, la voix vient de ce coin du salon.

— « Emilie! La poupée d'Émilie est paresseuse! »

— C'est trop fort! dit Émilie, on se moque de moi! Il a quelqu'un caché ici... Est-ce toi, Julia?

« Emilie! La poupée d'Émilie est gourmande! »

— Vraiment! Eh bien, qui que tu sois, tu es une insolente!

« Émilie! Émilie! »

— Eh! bien quoi, à présent? C'est assez comme cela, il me semble.

« La poupée d'Émilie est une petite sotte! »

— Ah! mais... ah! mais!... Ceci passe la plaisanterie, s'écria Émilie prête à pleurer... Excepté maman et papa, personne n'a le droit de me parler ainsi, et je saurai bien qui est assez malhonnête pour se permettre de m'injurier.

« Émilie! Émilie!

— Est-il possible? la voix vient de cette caisse, qui donc y est renfermé? Personne; la caisse est trop petite! Mais j'y pense, ce ne peut-être qu'un perroquet... Je me rappelle maintenant; j'en avais demandé un à mon oncle, soi-disant pour ma poupée... Mais oui, l'inscription porte en effet : « *Pour la poupée d'Emilie* » Oh! quel bonheur! Il est toujours si bon pour moi, mon oncle... Il faut que je voie mon perroquet!... c'est égal... mon oncle aurait bien pu lui apprendre à répéter d'autres paroles.

En parlant ainsi elle essayait d'ouvrir la caisse qui n'était que fort légèrement fermée par un petit ressort... ignorant ce détail, elle pesa trop fortement sur le ressort, la porte s'abattit d'un seul temps ; une petite perruche verte, rose et bleue s'échappa vivement de la caisse ; la fenêtre était ouverte, l'oiseau prit sa volée et disparut en une minute aux yeux d'Émilie stupéfaite, immobile, silencieuse et comme changée en statue ; enfin elle revint à elle pour pleurer sa faute et la perte du charmant oiseau parleur.

« Oh ! mon Dieu ! mon Dieu ! j'ai fait là une belle sottise ! Et à mon oncle encore ! Comment la réparer ; comment au moins atténuer mes torts ; comment adoucir la sévérité de mon oncle ?... Elle réfléchit un peu, puis tout à coup se précipitant dans la chambre et pressant sa poupée dans ses bras : « Viens, ma belle poupée, c'est toi qui me sauveras ! »

Émilie resta dans sa chambre, bien sûre que l'impatiente affection de son oncle viendrait l'y trouver.

Il y vint en effet un quart d'heure avant le dîner.

— Émilie !

— Ah ! mon cher oncle ! quelle joie de vous revoir ?

— Et moi donc ! Eh ! bien, tu ne m'embrasses pas mieux que cela ?... Comme tu as les yeux rouges, mignonne, on dirait que tu as pleuré ?

— Oui, mon oncle, ma poupée m'a causé un

grand chagrin ; j'étais en train de la gronder bien fort quand vous êtes entré...

— Continues donc, ma chère, je ne serai pas fâché de savoir comment on gronde les poupées.

Le capitaine prit une chaise et s'assit pour apprendre à son aise comment on gronde les poupées. Le capitaine en savait bien long, mais il ne savait pas de quelles petites ruses est capable un lutin de de sept ou huit ans ; s'il s'en fût douté, il n'eût pas écouté si complaisamment le dialogue suivant :

Emilie à sa poupée. Vous avez fait un beau coup, Mademoiselle !

La poupée. Qui n'eût agi comme moi en pareil cas ?

Emilie. Prouvez-nous un peu que vous avez raison, s'il vous plaît.

La poupée. Je m'entends appeler par mon nom ; je cours d'abord d'un côté, puis de l'autre, sans voir personne ; je m'entends dire à plusieurs reprises des choses désagréables, j'en cherche l'auteur... Enfin je m'aperçois que cette voix impertinente vient d'un coin du salon... J'y cours ; cette voix mystérieuse venait d'une caisse...

Emilie. Et vous avez l'imprudence de l'ouvrir.

La poupée. N'était-ce pas naturel ? l'inscription portait : « *Pour la poupée d'Emilie.* »

Emilie. Il est vrai... mais vous n'aviez pas le droit d'y toucher, puisqu'on ne vous l'avait pas encore donné.

Le capitaine. Très-bien ! tu raisonnes à merveille, Émilie. (*A part*). Je crois que je suis pris.

Emilie. Vous avez ouvert la caisse et la voix s'est envolée à travers champs !

Le capitaine (*se levant vivement*). La voix morbleu ! tu veux dire la perruche !

Emilie (*toujours à sa poupée, mais en pleurant*). Vous avez fâché contre moi mon bon, mon excellent oncle, que j'aime tant !

Le capitaine (*se rasseyant, à part*). C'est une ruse ! mais elle est de bon aloi.

La poupée. Votre oncle peut être très-bon pour vous, mais la perruche m'appelait vaniteuse, paresseuse, gourmande, les jolis noms !

Emilie. C'était pour vous corriger de vos défauts, mademoiselle.

Le capitaine (*à part*). Très-bien ! très-bien ! (*A Emilie*). Je te pardonne pour cette fois, Emilie....

Emilie. A ma poupée, mon oncle ?

Le capitaine (*souriant*). Oui, à ta poupée... Mais dis-lui bien qu'elle n'y revienne pas... Elle a été indiscrète, curieuse... Je lui pardonne, grâce à la raison, à l'esprit qu'elle vient de montrer.....

Émilie. La poupée d'Émilie n'est donc pas si sotte, mon oncle.

Le capitaine. Non, en vérité.

Émilie. Eh bien! mon oncle, la perruche mentait donc?

Vous n'auriez pas voulu imposer à ma poupée une compagne qui aurait menti toute la journée....

Le capitaine (à part). Nous y voilà. (*Haut.*) Eh! bien, après?

Émilie. Eh bien, vous lui auriez donné vous même la volée... car vous détestez les menteurs, n'est-ce pas, mon oncle?

Le capitaine (pinçant doucement l'oreille à sa nièce). Petit lutin! Votre poupée est une petite rusée.... (*à part*) décidément, je suis pris!

Madame Rousseau. Survenant, le potage refroidit!... quoi! vous vous arrêtez si longtemps au babil de cette petite fille!...

Le capitaine (d'un air comiquement solennel). Ma sœur, je viens d'apprendre comment on gronde les poupées.

Madame Rousseau. Ceci a dû fort vous intéresser, mon frère!

Le capitaine. Prodigieusement!... Et votre fille, je

vous l'assure , s'en acquitte à merveille... Allons dîner !

Le capitaine ne pardonnait pas à moitié; il ne reparla plus de la faute d'Émilie.

CHAPITRE V.

Le tour était arrivé pour la poupée d'Émilie de rendre une petite fête à toutes les poupées amies. On choisit le lundi gras. Mme Rousseau avait promis une représentation de lanterne magique ; elle s'était arrangée avec un entrepreneur qui en possédait une très-renommée. Elle se distinguait de toutes les autres parce qu'elle ne représentait pas des sujets insignifiants expliqués en termes ridicules, en langage incorrect, mais au contraire des scènes morales propres à former le jugement des petits spectateurs, à leur inspirer de bons sentiments ; c'était, par exemple,

La poupée est grondée par Emilie.

Spectacle de la lanterne magique.

l'*Histoire d'un petit orgueilleux*, corrigé de ce vilain défaut, les *Aventures d'un petit étourdi*, et ces scènes étaient récitées en bons termes et dans un langage parfait de correction et de convenance.

Il n'est pas une seule de mes petites lectrices qui n'ait assisté au moins une fois au spectacle de la lanterne magique ; je n'aurai donc besoin d'entrer à ce sujet dans aucune explication.

Emma, Berthe, Julia, Ernestine, Hortense, Emilie étant réunies, la lanterne magique à sa place, on éteignit les lumières et le spectacle commença :

« Mesdames et Mesdemoiselles, dit l'exhibiteur,
» je vais avoir l'honneur de faire passer sous vos yeux
» en tableaux l'histoire d'une poupée prétentieuse qui
» fut bien corrigée de sa sottise par un événement
» inattendu. »

1ᵉʳ Tableau.

« Voici Mademoiselle Paméla dans sa plus belle
» toilette ; vous voyez son portrait ressemblant ; re-
» gardez-la bien, je vous prie, afin de la reconnaître
» quand elle passera de nouveau sous vos yeux. Ad-
» mirez son air pincé, sa démarche raide et guindée ;
» on croirait qu'elle craint de déranger quelque chose
» dans la symétrie de sa toilette ; elle compte ses pas,

» elle ne sourirait que du bout des lèvres; à dix ans
» Mlle Paméla se croit une personne importante; elle
» s'imagine que tout le monde a les yeux sur elle; en
» conséquence, elle se croit obligée de s'étudier sans
» cesse dans ses moindres mouvements...» Parais!...
disparais!... Brrrr !

Emilie (à voix basse à ses deux voisines). Pour que
le portrait soit ressemblant, il lui manque un chapeau
de castor bleu. Emma et Berthe étouffent une envie
de rire dans leur mouchoir.

Ernestine. Grand merci, Mademoiselle Emilie! j'aurais plutôt cru qu'il lui manquait une pelisse de cache-
mire blanc. Emilie, Berthe, Emma se mettent à rire
de plus belle.

L'exhibiteur. Ne riez pas encore, Mesdemoiselles,
vous n'avez encore rien vu.

2° Tableau de la Lanterne magique.

L'exhibiteur. La maîtresse de Mademoiselle Paméla s'appelle Mademoiselle Adrienne; regardez-la
passer sous vos yeux; sauf la taille, ne croirait-on pas
revoir le personnage que nous avons admiré tout à
l'heure; sa démarche est tout aussi raide, tout aussi
compassée. Les poupées prennent très-vite l'air et les
habitudes de leurs maîtresses; on pourrait presque

dire : « Telle petite fille, telle poupée. » Parais !...
disparais !... Brrrr !...

3ᵉ Tableau de la Lanterne magique.

L'exhibiteur. Mademoiselle Paméla et sa maîtresse
reçoivent la visite de deux amies; c'est Louise et
Charlotte avec leurs poupées : celle de la première
s'appelle Mademoiselle Brigitte; celle de la seconde,
Mademoiselle Gertrude; Mademoiselle Brigitte est
d'une simplicité charmante; elle ressemble à sa jeune
maîtresse Louise; celle-là n'a pas l'air de se croire
une personne importante; elle ne suppose pas que
tous les yeux sont fixés sur elle; aussi tous ses gestes,
tous ses mouvements sont naturels, et par consé-
quent agréables, souples, faciles, gracieux, Mademoiselle Gertrude, la poupée de Charlotte, est, au
contraire, d'un laisser-aller, d'un abandon qui blesse
toutes ses amies; voyez, sa robe est tachée à plusieurs
endroits; son col, ses manchettes sont fripées, malpro-
pres, déchirées; ses souliers ne sont pas attachés, son
chapeau est bossué en plusieurs endroits; c'est une
poupée sans soin, sans ordre; pour peu qu'elle écrive,
ses doigts sont noirs d'encre; elle en laisse tomber sur
sa robe, elle en a même quelquefois à la figure; il
faudrait la changer de toilette six fois par jour pour

qu'elle fût propre, et lui laver autant de fois la figure et les mains, surtout quand elle vient de dîner ou de déjeuner. J'ai entendu dire que mademoiselle Charlotte est un peu comme sa poupée; elle a l'esprit de travers.

Émilie bas à Emma et à Berthe. C'est comme ses épaules... vous l'avez bien reconnu; n'est-ce pas, Mesdemoiselles?

Emma et Berthe étouffent dans leur mouchoir une envie de rire irrésistible.

Emma. Es-tu mauvaise, Émilie; cette pauvre Claire n'est pas là pour se défendre; c'est mal de médire et d'attaquer les absents.

Berthe. D'ailleurs, Claire n'est pas bossue...

Emilie. Non, pour si peu!

Berthe. Dans tous les cas, ce n'est pas sa faute; on ne doit pas lui reprocher son malheur.

Emilie. Pourquoi donc en avez-vous ri?

Emma. Nous avons eu tort, voilà tout.

4ᵉ Tableau de la Lanterne magique.

L'exhibiteur. Voici deux petits collégiens, Messieurs Charles et Victor. Deux bons diables, allez, Mesdemoiselles, avec leurs airs paisibles; il n'en faudrait pas quatre comme eux pour mettre une maison sens dessus dessous. Charles est le frère d'Adrienne, Victor est le frère de Charlotte. Ces messieurs adorent les *barres* et *le saut de mouton;* mais ils professent un mépris souverain pour les poupées ; leurs sœurs ont eu bien de la peine jusqu'à présent à protéger les leurs contre les entreprises téméraires de ces messieurs. Il y a quinze jours à peine, Victor a chipé le tablier de taffetas noir de la poupée de Charlotte pour s'en faire un essuie-plumes, et dans la quinzaine précédente, Charles, pour s'en faire des pinceaux, aurait rendu chauve la belle Paméla, si Adrienne, avec de grands cris, ne la lui eut arrachée des mains assez à temps pour sauver sa magnifique chevelure...

Ernestine (avec indignation). Oh! ces garçons! ils ne respectent rien... As-tu un frère, Emilie ?

Emilie. Non, grâce à Dieu!

Ernestine. Tu es bien heureuse!

Berthe. Moi, j'ai deux frères, deux à moi seule, diables aussi, et je les aime bien... Quand ils viennent, je cache ma poupée, et quand ils veulent me mêler par trop à leurs jeux de garçons, je me sauve, en riant, près de ma mère, et je leur brûle la politesse, comme on dit... Nous nous aimons beaucoup tous les trois.

L'exhibiteur. Mesdemoiselles, regardez bien ces deux petits messieurs de manière à les reconnaître, et à vous en méfier si jamais vous les rencontrez dans le monde. — Parais!... disparais!... Brrrr!...

Emilie. Oh! on les rencontre sans cesse partout... les garçons ne sont-ils pas tous les mêmes!

Mamans et petites filles, et poupées même, dit-on, ne purent s'empêcher de rire à cette boutade d'Emilie.

Le spectacle continua.

5ᵉ Tableau de la Lanterne magique.

L'exhibiteur. Voici Charles et Victor qui viennent saluer poliment Mademoiselle Louise; ils embrassent cordialement Adrienne et Charlotte; en qualité de sœur, Adrienne se recule très-effarouchée. — Mon Dieu! Charles, que tu es brusque et sans façons; tu as fripé mon col! — Ma sœur, excuse-moi, et je présente mes hommages à ta poupée... mais sois sans crainte pour elle; je n'éprouve aucun désir de l'embrasser.

Charlotte s'est jetée dans les bras de son frère, en s'écriant : «Bonjour, mon petit frère! Nous allons jouer et nous amuser un peu; n'est-ce pas?... une partie de cheval fondu!...

Adrienne (à part). Ce n'est pas une demoiselle, c'est un garçon, bien sûr.

Victor. Non! non! ces jeux-là sont bons entre nous,

Melle Paméla reçoit la Visite de deux amies

Charllotte et Louise confient leurs poupées.

mais ils ne conviendraient pas à ces demoiselles...
Tenez !... il me vient une idée !...

Adrienne. Si M. Victor a une idée, j'ai peur...

Charlotte. Je n'ai jamais peur, moi !

Charles. Et vous, Mademoiselle Louise, avez-vous peur ?

Louise (en souriant). Pourquoi donc aurais-je peur de deux gens bien élevés, les frères de mes deux meilleures amies ? Seulement, je ne sais pas jouer au cheval fondu.

Victor. Merci, Mademoiselle, de la bonne opinion que vous avez de nous ; nous tâcherons de la mériter ; quant au *cheval fondu,* c'est un détail auquel nous ne tenons pas... Voici mon idée... vous allez, Mesdemoiselles, nous confier vos poupées...

Adrienne. Oh ! pour cela, non !

Victor. Tu t'y refuses aussi, Charlotte ?

Charlotte. Moi ! pas le moins du monde, tiens, voilà ma poupée.

Adrienne (à part). Pourquoi y tiendrait-elle ? sa poupée n'a rien à risquer.

Charles. Et vous, mademoiselle Louise.

Louise. Voici la mienne, je vous la confie sans hésiter.

Charles. Il n'y a donc que toi, Adrienne ?

Adrienne. Je ne puis faire autrement que mes amies.

Victor. Très-bien..... Nous allons leur faire jouer une comédie... Vous allez voir ce que vous allez voir, je ne vous dis que cela !...

Emilie. Je n'aurais pas donné ma poupée, moi.

Toutes les petites filles. Ni moi ! ni moi ! ni moi !

Ernestine. Moi, j'aurais donné la mienne... Je gagerais qu'il n'arrivera rien à la poupée de Louise...

Berthe. Ma poupée entre les mains d'un garçon ! C'est impossible...

Ernestine. Eh bien ! attendons... nous saurons bientôt laquelle de nous se trompe, et pour parler comme ce bon monsieur Victor : « Vous allez voir... ce que vous allez voir ! »

On répondit à ces mots par un rire général.

6ᵉ Tableau de la Lanterne magique.

LE BRIGAND DE LA FORÊT-NOIRE.

L'exhibiteur. M. Charles et son ami, ont fait un théâtre avec des chaises sur le dossier desquelles ils ont disposé des tapis..... des branches arrachées aux arbres du jardin figurent une forêt, un paravent entoure le tout, le parterre compte trois spectatrices.

Brigitte, la poupée de Louise paraît d'abord.

Brigitte (seule). Mon Dieu! quelle affreuse solitude! Je me suis perdue dans les profondeurs impénétrables de cette dangereuse forêt... Elle est fréquentée, dit-on, par des loups monstrueux qui dévorent d'une bouchée les malheureux voyageurs égarés... Elle est peuplée de brigands féroces et sans pitié qui massacrent, pillent, tuent, égorgent les pauvres infortunés qui tombent entre leurs mains. Voici le ciel qui se couvre de nuages noirs; l'éclair a brillé, la foudre roule avec fracas, le vent siffle avec fureur, les loups hurlent de joie dans l'éloignement, ils ont senti une proie... Ah! mon Dieu! mon Dieu! que vais-je devenir ?

Berthe (bas à Emilie). J'ai peur, sais-tu ?

Emma. Et moi donc! J'en frissonne.

Ernestine. Mais n'ayez donc pas peur, puisque c'est un conte de M. Victor.

L'exhibiteur. La position de cette pauvre Brigitte vous afflige, n'est-ce pas, Mesdemoiselles... Prenez courage, son infortune n'est pas au bout.

Julia. J'ai peur que les loups ne viennent la manger.

Berthe. Je ferme les yeux, moi, d'abord; je ne veux pas voir une chose si horrible.

7e Tableau de la Lanterne magique.

L'exhibiteur. Au moment où Brigitte se désole le plus, arrive une pauvre vieille femme en haillons... la voici...

Charlotte (reconnaît sa poupée et s'écrie en riant). C'est ma poupée! « Victor tu l'as bien arrangée! » Victor, en effet, pour produire plus d'illusion, a déchiqueté la toilette de Gertrude et en a fait de vrais haillons... Il répond à sa sœur : Bah! tout cela était vieux et laid! n'interromps plus la pièce!... « Ma bonne dame, s'écrie Brigitte, vous connaissez sans doute les détours de la forêt... Ayez la bonté de me remettre dans ma route, je suis égarée et la forêt est si obscure.

Gertrude. Je connais très-bien la forêt et je ne demande pas mieux que de vous remettre dans votre route.

Ah! si Brigitte savait à qui elle se confie! comme elle tremblerait... Cette mendiante c'est la femme du terrible Fier-à-Bras, le plus redoutable brigand de la forêt noire; afin de mieux attirer ses victimes dans le piége, il sort toujours déguisé en femme et ne se ménage pas les riches toilettes; mais il porte à sa ceinture des pistolets et des poignards.

Berthe. On va tirer des coups de pistolets! J'ai envie de m'en aller.

L'exhibiteur. N'ayez aucune crainte, Mademoiselle, on ne tire pas de coups de pistolets au spectacle de la lanterne magique.

8ᵉ Tableau de la Lanterne magique.

L'exhibiteur. M. Victor annonce à ces trois spectatrices l'arrivée du redoutable Fier-à-Bras... Sa figure est à demi-couverte par une énorme paire de moustaches... Le voici!

Adrienne pousse un cri d'effroi; c'est sa poupée! sa poupée avec une énorme paire de moustaches peinte avec du cirage d'un noir brillant.....

Adrienne. Ah! ma poupée! perdue, abimée, horrible à voir! Charles, c'est bien méchant ce que tu as fait là, je vais le dire à maman! et elle te renverra tout de suite à ton collége.

Charles. De quoi te plains-tu? Tu aimes que ta poupée ait l'air noble et fier! jamais elle n'aura eu l'air si fier qu'avec ses moustaches.

Ici finit le spectacle de la lanterne magique et les aventures de la poupée prétentieuse et punie de sa prétention. — La poupée de Louise, simple et douce, a été respectée à cause de ses qualités et de la confiance avec laquelle elle s'est prêtée à jouer un rôle dans la comédie de ces Messieurs.

Ernestine. Je vous l'avais bien prédit.

Emilie. C'est égal... M. Charles est un petit mauvais sujet !

La soirée était terminée ; poupée et petites filles se séparèrent enchantées du plaisir qu'on leur avait procuré.

Pendant plusieurs jours l'imagination de chacune d'elles en fut toute remplie ; Emilie ne fut pas celle qui en garda le moins le souvenir. Le lendemain, il en fut question entre elle et sa poupée, dans sa récréation du matin qui se passait toujours devant Madame Rousseau.

Emilie. Eh ! bien, Mademoiselle, vous vous êtes bien amusée hier, j'espère.

La poupée. Oui, beaucoup ; la poupée d'Adrienne m'a bien fait rire surtout ; j'ai reconnu celle d'Ernestine au premier coup d'œil. Vraie pauvresse ; on lui mettrait un sou dans la main ; est-il possible de voir un plus grand désordre, une telle malpropreté !...

Emilie. Il nous manquait au spectacle la poupée de Julia, elle est si amusante avec ses toilettes ébouriffées ! qu'en dites-vous ?

Voici le Spectacle qui commence.

Les poupées devenues comédiennes.

La poupée. Est-il possible de voir ses robes à grands falbalas, ses chapeaux empanachés, ses pelisses de couleur éclatante sans avoir envie de rire? On la prendrait pour une anglaise fraîchement débarquée, ou pour une paysanne qui n'a jamais porté un chapeau?

Madame Rousseau. Ta poupée n'est pas indulgente, Émilie : elle aime trop à se moquer de ses amies.

Emilie. Vous trouvez qu'elle se trompe, maman ?

Madame Rousseau. Je ne dis pas cela ; mais elle se montre encore à moi sous un bien vilain aspect... Les caractères moqueurs se font détester partout..... on doit être indulgent envers tout le monde et particulièrement envers ses amis.....

Emilie. Oh ! je ne me permettrais pas en leur présence..... Mais je ne puis m'empêcher de voir leurs ridicules.

Madame Rousseau. Ma fille, il y a un proverbe très-sage qui dit : « *Quand nos amis sont borgnes, regardons-les de profil du beau côté...* Sommes-nous bien sûres nous-mêmes de n'offrir aucune prise à la médisance et serions-nous bien aises d'apprendre qu'en notre absence nos amis se moquent de nous? Évidemment nous pardonnerions cette intolérance plus aisément à des étrangers... parce que nous avons moins de droits à compter sur leur indulgence.

Puisque tu sais bien esquisser le portrait des poupées de tes amies; je veux à mon tour te faire celui de la tienne; ce ne sera pas un portrait de fantaisie; aucun portrait ne peut être plus vrai, puisqu'*elle s'est peinte elle-même* dans ses propres paroles et je les ai bien retenues; d'ailleurs, si ma mémoire se trouvait en défaut, la tienne me viendrait en aide.

Emilie. Vous savez, maman, que j'ai bien peu de mémoire.

Madame Rousseau (souriant). Surtout quand il te convient de n'en pas avoir; mais tu sais aussi que la mienne est très-sûre. Ecoute-moi donc :

Ta poupée disait, le 6 janvier :

« Je désire être vêtue d'une robe de damas rose » avec trois bouquets de roses fraîches; chaussée en » satin blanc avec un joli nœud de satin rose sur le » coude-pied; coiffée de nattes plates relevées autour » du front, et couronnée de bluets et de coquelicots. »

Voici pour son bon goût et sa simplicité.

Quelques jours plus tard, au lieu de repasser studieusement sa grammaire, afin d'éviter un échec honteux, elle disait :

« Puisque cette tombola est un jeu, il n'y aura pas

» de questions difficiles ; d'ailleurs, il y en aurait, je
» ne mettrais pas la main sur celles-là ; j'ai toujours
» une chance heureuse aux loteries. »

Tu n'as sans doute pas oublié combien cette folle espérance a été confondue.

Voilà pour son amour du travail.

A la dînette des rois, ta poupée osait dire, sans en rougir :

« J'ai été élevée à la campagne ; l'habitude du
» grand air me fait un estomac robuste. »

Tu sais si l'événement a démenti ces paroles. Voilà pour sa sobriété.

Le lendemain, pour s'excuser, ta poupée disait :

« Je me suis laissé tenter ; les bouchées étaient si
» petites ! je n'ai pas réfléchi que mille petites bou-
» chées faisaient un énorme dîner. Je suis très
» étonnée d'apprendre que mille grammes font un
» kilogramme. »

Voilà un trait bien caractéristique de sa faiblesse de volonté et de son irréflexion habituelle.

Emilie. Oh ! maman, vous avez trop bonne mémoire, assez, je vous en prie.

Madame Rousseau. Non, mon enfant, puisque ta poupée se moque si bien des autres, il faut qu'elle se voie elle-même au naturel, ce sera pour elle une leçon salutaire, je l'espère au moins; dans tous les cas, elle ne l'a que trop méritée et mon devoir est de la lui donner tout entière.

Quelque temps après, ta poupée « trouve tout na-
» turel d'ouvrir une caisse qui lui était destinée,
» mais qui ne lui avait pas encore été donnée. »

Emilie. Chère petite maman, elle a bien reconnu sa faute, cette fois, et mon oncle la lui a pardonnée.

Madame Rousseau. Grâce à quelle circonstance?

Emilie. Parce qu'elle a montré qu'elle avait..... qu'elle n'était pas sotte.

Madame Rousseau. Quand il ne sert pas à nous diriger vers le bien, l'esprit n'est plus qu'un don fatal dont nous abusons contre les autres et contre nous-mêmes. Vois plutôt, ta poupée disait tout à l'heure en parlant de celle d'Ernestine.

« Quel air ridiculement guindé! quelles toilettes ébouriffées! »

A propos de la poupée de Claire?

« Quelle sans soins! Une vraie pauvresse! On lui
» mettrait un sou dans la main. »

A propos de la poupée de Julia :

« Elle nous manquait au spectacle! Elle est si
» amusante avec ses chapeaux empanachés!.....
» Comme les paysannes, elle n'aime que les cou-

Mme Rousseau prive Emilie de sa poupée.

L'oncle rapporte une nouvelle Perruche à Emilie.

leurs éclatantes... » Puis, par un travers d'esprit, ta poupée se croyait permis de se moquer de ses amis, pourvu que ce ne fût pas en leur présence... sans réfléchir qu'en leur présence, la moquerie deviendrait une grossière insolence...

Voilà pour sa tolérance en général, pour son indulgence envers ses amies ! Crois-tu que sa manière de voir et d'agir fasse l'éloge de son cœur et de son esprit.

Voilà le portrait fidèle de ta poupée... Qu'en penses-tu? Sa société ne doit guère te plaire... Quant à moi, je la juge compromettante pour ton éducation ; je ne dois donc pas te la laisser plus longtemps, en conséquence, ma chère enfant, je vais vous séparer pour longtemps ; je ne te la rendrai que quand je la croirai corrigée de ses graves et nombreux défauts... Ainsi je l'emporte et je ferme à clef sa commode et son armoire...

Emilie. Maman ! bonne petite maman ! oui, je comprends bien ta résolution... Vous n'avez pas flatté le portrait de ma poupée ; mais il est ressemblant, et dans tous les cas, s'il ne l'est pas, c'est par sa faute, puisqu'elle s'est peinte elle-même... Mais, je vous en prie, laissez-la-moi un jour encore, rien qu'un jour! jusqu'à demain soir! dites, voulez-vous!

Madame Rousseau. Soit, garde donc encore ta poupée pour un jour... et tâche qu'elle soit sage et bien avisée.

CHAPITRE VI.

Portrait de la Poupée peint par elle-même et présenté par la petite Émilie à sa mère — lequel est le vrai?

Le lendemain, Émilie ne manqua pas d'entrer en conversation avec sa poupée; cette conversation devait être la dernière, il ne fallait pas en négliger l'occasion. Puis, que d choses on avait à se dire avant de se séparer pour toujours peut-être!

Emilie à sa poupée. C'est la dernière fois que je vous habille, mademoiselle; vous voulez sans doute être belle ?

La poupée. Mais pas du tout... Je vous assure, la toilette la plus simple est toujours la plus convenable à une petite demoiselle...

Emilie. Ah! vous voilà bien différente de vous-même...

La poupée. C'est que je ne voudrais pas qu'on dise de moi ce que je vous ai entendu dire de la poupée d'Adrienne.

Emilie. Allez-vous donc imiter celle de Charlotte?

La poupée. Pourquoi passerais-je d'une extrémité à l'autre. La simplicité n'exclut ni la propreté, ni le soin, ni même une certaine élégance.

Emilie. J'entends; vous voulez prendre exemple sur la poupée de Louise?

La poupée. Précisément.

Emilie. Je vous en félicite... Mais puisque nous devons nous séparer, nous ferons au moins un bon repas ensemble avant de nous quitter.

La poupée. Qu'appelez-vous un bon repas?

Emilie. Mais un repas où l'on sert une foule de mets recherchés...

La poupée. Ne vous donnez pas cette peine. — Les repas sont comme la toilette : les plus simples sont les meilleurs. Si la sobriété convient à tout le monde, elle est surtout nécessaire aux enfants.

Emilie. Oh! vous voilà bien loin de la dînette des Rois!... vous pensez tout autrement aujourd'hui...

La poupée. Les leçons de l'expérience sont les meilleures.

Emilie. Surtout quand une bonne mère nous les explique de manière à nous les rendre profitables... peut-être aussi ne compterez-vous plus à l'avenir sur le hasard ?...

La poupée. Je sais aujourd'hui que la seule manière de réussir est de compter sur soi-même, sur son travail. Je sais aussi qu'on n'obtient rien sans peine... Pour savoir, il faut absolument apprendre.

Emilie. Et pour apprendre, il faut étudier ; n'est-ce pas ?

La poupée. Précisément.

Emilie. Ah ! votre bonne résolution est bien tardive.

La poupée. Il n'est jamais trop tard pour reconnaître un tort, pour se corriger d'un défaut.

Emilie. Oui, mais vous avez subi une cruelle humiliation.

La poupée. Il est vrai... et j'en rougis encore ; mais en reconnaissant que je l'avais méritée... Elle n'aura pas été inutile à mon éducation, et à la prochaine occasion, je me relèverai de cette défaite ; je vous le promets.

Emilie. Vous me le promettez ? Dois-je vous croire ?

Combien de fois déjà n'avez-vous pas manqué à vos promesses ?

La poupée. Je ne connaissais pas par expérience les inconvénients de la paresse ; aujourd'hui, je les connais.

Emilie. Je ne veux pas vous adresser de trop vifs reproches au moment de notre séparation, mais vous êtes curieuse ; n'est-ce pas ?

La poupée. Oui, je l'étais, pas beaucoup peut-être, mais encore beaucoup trop.

Emilie. Il n'y a pas si longtemps que vous nous en avez fourni une jolie preuve... Vous devriez donc dire, il me semble : « Je suis curieuse. »

La poupée. Non, je ne le suis plus.

Emilie. Se corrige-t-on en un seul jour d'un défaut qui remonte à plusieurs années ?

La poupée. Quand on verse de l'eau goutte à goutte dans un verre, si lentement qu'on la verse, il arrive pourtant un moment où le verre est plein, si plein que la plus légère secousse peut le faire déborder.

Emilie. Oh ! oh ! vous avez lu cela dans quelque livre, certainement.

La poupée. Oui, j'ai lu cette comparaison quelque part, et je me l'applique. Vos bonnes leçons avaient rempli mon cœur goutte à goutte ; l'aventure de la perruche l'a fait déborder bien plus tôt que je ne l'aurais supposé moi-même.

Emilie. Vous me charmez, et vous allez me rendre notre séparation bien plus pénible encore. Quelle cause a produit en vous un si grand changement?

La poupée. J'ai compris combien je chagrinais les personnes que j'aime le plus au monde, et dès ce moment, je me suis sentie toute transformée.

Emilie. On a dit que vous ne manquiez pas d'esprit; je commence à croire que vous ne manquez pas de cœur non plus...

La poupée. J'aimerais cent fois mieux être sotte que méchante ou même qu'insensible.

Emilie. A vous entendre parler, je jurerais que vous avez attentivement écouté toutes les douces et bonnes leçons de ma chère petite mère.

La poupée. Je les ai beaucoup mieux écoutées que l'on ne pouvait le supposer.

Emilie. Pourquoi donc n'y conformiez-vous pas votre conduite?

La poupée. Parce que j'écoutais attentivement, mais sans bien comprendre; les événements ont servi de preuve aux paroles, et j'ai compris.

Emilie. Vous comprenez donc aussi que la moquerie est un vilain défaut?

La poupée. Certainement, puisqu'il blesse les autres.

Emilie. Pourquoi donc étiez-vous moqueuse?

La poupée. Je croyais me montrer spirituelle et faire admirer la vivacité de mon intelligence, tandis que je ne montrais que de la sottise et que je me faisais regarder comme une méchante.

Emilie. Vous ne l'êtes donc pas?

La poupée. Vraiment non, Dieu merci! et rien ne me sera plus facile que l'indulgence envers tout le monde; et surtout envers mes amis.

Emilie. Mais quand vous apercevrez des défauts chez eux?

La poupée. Je dirai ce que j'en pense à quelque personne bien raisonnable, à votre petite maman, par exemple, non pour les critiquer ou m'en moquer, mais pour en tirer profit dans mon éducation.

Emilie. Je vous loue infiniment du choix de votre confidente; mais je ne puis, je le repète, trop m'étonner du changement qui s'est fait si brusquement en vous...

La poupée. En voici la cause, c'est que vous m'avez toujours attribué vos propres idées, vos sentiments exprimés par vos propres paroles, et si j'ai changé si complétement, c'est que...

Emilie. C'est que?

La poupée. C'est que vous avez changé complétement vous-même.

Emilie. Votre explication est fort raisonnable, et je l'accepte, parce que je sens qu'elle est vraie.

Alors Émilie, se tournant timidement vers sa mère, et les larmes aux yeux, elle lui dit :

— Vous avez entendu, petite mère, les paroles de ma poupée?

Madame Rousseau. Je n'en ai pas perdu un mot, sois-en bien sûre ; elles m'intéressaient trop vivement pour cela.

Emilie. Et qu'en pensez-vous, maman?

Madame Rousseau. Elles sont parfaitement raisonnables et bien au-dessus de ce que j'attendais de... son âge.

Emilie. Eh bien, bonne petite mère, est-ce qu'on ne pourrait pas faire un nouveau *portrait de la Poupée peint par elle-même,* en la prenant encore par ses propres paroles?

Madame Rousseau. Assurément on le pourrait.

Emilie. Et celui-ci ne ressemblerait pas à celui d'hier, n'est-ce pas?

Madame Rousseau. Pas plus que le jour à la nuit.

Emilie. Lequel préféreriez-vous, maman?

Madame Rousseau. Et toi, mon enfant?

Emilie. Le dernier, maman.

Madame Rousseau. Pourquoi, me le diras-tu bien?

Emilie. Oui, maman. Parce qu'il est le seul vrai...

Madame Rousseau étonnée. Comment cela?

Emilie. C'est que le premier portrait de ma poupée avait été fait d'après les paroles que lui prêtaient les défauts d'une petite fille sotte autant qu'irréfléchie. Tandis que le second...

Madame Rousseau. Eh! bien.... achève...

Emilie. Le second portrait a été fait d'après les paroles que votre sagesse a prêtées à ma poupée... Enfin, si le premier portrait de ma poupée était vrai, il me ressemblerait, et une fille ne doit ressembler qu'à sa mère!

En achevant ces paroles, Émilie se jeta en pleurant dans les bras de sa mère; celle-ci la serrait d'une main convulsive et de l'autre essuyait les larmes de joie qui coulaient de ses yeux : d'abord l'émotion lui interdit l'usage de la parole. Enfin elle s'écria : Oh! ma chère, ma mignonne, ma fille bien-aimée, comme tu sais en un instant calmer mes inquiétudes, changer en pure joie mes chagrins! oui, certes, je suis fière de ton bon cœur, de ton intelligence vraiment aussi remarquable que précoce. Oui, j'ai confiance en toi, en ton avenir; tu seras bonne et

vertueuse, l'orgueil et la consolation de ma vieil-
lesse ! »

Pendant quelques instants, on n'entendit que le doux bruit des baisers donnés à la fille par la mère et rendus avec usure par l'enfant à sa mère, et le bruit des soupirs sans cesse interrompus par des baisers. Tout à coup, Madame Rousseau se leva vivement et prenant son Émilie par la main :

« Viens, dit-elle, mon âme succomberait à son bonheur, il faut que ton oncle, en en prenant sa part, m'aide à en porter le poids.... Allons trouver ton oncle !

Mais en traversant le salon, on trouva le capitaine tranquillement assis en contemplation devant une charmante perruche perchée sur un élégant perchoir.

« Émilie, disait-elle, Émilie ! la poupée d'Émilie
» est sage ! »
» La poupée d'Émilie est studieuse !
» La poupée d'Emilie est discrète !
» La poupée d'Émilie est indulgente !
» Vive la poupée d'Émilie !
— Oh ! mon oncle ! quelle agréable surprise !
— Oui, j'ai voulu t'épargner la peine de l'instruire...
— Mais, mon oncle, depuis trois jours....
— Vois-tu, j'espérais bien qu'il y aurait deux por-

traits de la poupée très-différents l'un de l'autre; en conséquence, je m'étais précautionné de deux perruches instruites bien différemment... Aussi... l'autre mentait, il fallait bien qu'elle disparût; celle-ci restera, parce qu'elle dit la vérité.

TABLE DES MATIÈRES.

FIN DE LA TABLE.

SAINT-DENIS. — TYPOGRAPHIE DE A. MOULIN.

GRANDE BIBLIOTHÈQUE ILLUSTRÉE

CHASSES AUX INDES

Par M. *Castillon*, professeur à Sainte-Barbe, illustré de 8 superbes gravures à deux teintes, par *Victor Adam*. 1 très-beau vol. grand in-4° oblong ; riche cartonnage avec couverture spéciale en six couleurs. . . . . 6 fr.

LES FRÈRES D'ARMES

Par *Th. Midy*, illustré de 6 superbes gravures à deux teintes, par *Victor Adam* et *Morel-Fatio*. 1 très-beau vol. grand in-4°, riche cartonnage avec couverture spéciale en six couleurs. . . . . 6 »

LA FÉE AUX ROSES

Par *Th. Midy*, illustré de 8 superbes gravures à deux teintes, par *Bertrand*. 1 très-beau vol. grand in-4°, riche cartonnage avec couverture spéciale en six couleurs. . . . . 6 »

CHASSES EN AFRIQUE

Par *M. Castillon*, illustré de 12 gravures à deux teintes, par *Victor Adam*. 1 très-beau vol. in-4° oblong, riche cartonnage avec couverture spéciale en six couleurs. . . . . 6 »

LE ROBINSON DU BOIS DE BOULOGNE

Par *M. Castillon*, illustré de 8 superbes gravures à deux teintes, par *Bertrand*. 1 très-beau vol. grand in-4°, riche cartonnage avec couverture spéciale en six couleurs. . . . . 6 »

LE DOCTEUR DIMANCHE

Par *M*me *Th. Midy*, illustré de 8 superbes gravures à deux teintes, par *Bertrand*. 1 très-beau vol. grand in-4°, riche cartonnage avec couverture spéciale en six couleurs. . . . . 6 »

LE SEIGNEUR JOUR DE L'AN

Dévouement et Récompense, par *M. A.-C. Bouyer*, illustré de 8 superbes gravures à 2 teintes et vignettes sur bois, par *Bertrand*. 1 très-beau vol. grand in-4°, riche cartonnage avec couverture spéciale en 6 couleurs. . . . . 6 »

LES ÉMOTIONS D'UN JEUNE MOUSSE.

Par *M. Castillon*, illustré de 8 superbes gravures à deux teintes. 1 vol. grand in-4°, riche cartonnage avec couverture spéciale en six couleurs. . . . . 6 »

LES MÊMES OUVRAGES, gravures coloriées avec beaucoup de soin, richement cartonnés, tr. blanches. . . . . à 9 »

BIBLIOTHÈQUE RÉCRÉATIVE & MORALE

LA FÉE MIGNONNE

Par *Mme Adrienne de Frêne*, illustré de 9 gravures à 2 teintes.
1 très-beau vol. petit-in-4°, riche cartonnage, avec couverture
spéciale en 6 couleurs. 3.50

LA FLEUR DES ZOUAVES

Par *Mlle Emma Faucon*, illustré de 9 gravures à 2 teintes et vignettes
sur bois. 1 très-beau vol. petit in-4°, riche cartonnage, t. b., couverture spéciale en 6 couleurs. 3.50

LES PLAISIRS DU PRÉ CATELAN

Par *A.-C. Bouyer*, illustré de 9 gravures à deux teintes et de vignettes
sur bois. 1 très-beau vol. petit in-4°, riche cartonnage, t. b., couverture spéciale en 6 couleurs. 3.50

LES DEUX ARTISTES

Ou Musique et Peinture, par *A.-C. Bouyer*, illustré de 9 gravures
à 2 teintes. 1 très-beau vol. petit in-4°, riche cartonnage, t. b., couverture spéciale en 6 couleurs. 3.50

LE NAUFRAGE POUR RIRE

Par *M. Castillon*, illustré de 9 gravures à 2 teintes. 1 très-beau vol.
petit in-4°, riche cartonnage, t. b., couverture spéciale en six
couleurs. 3.50

LE JEUNE MATELOT

Marie-Jeanne, par *Mme la comtesse de Renouville*, illustré de 8 gravures à 2 teintes et vignettes sur bois. 1 beau vol. petit in-4°,
riche cartonnage, t. b., couverture spéciale en 6 couleurs. . . .   3.50

LE PÈRE CONTE-TOUJOURS

Par *Mme la comtesse de Renouville*, illustré de 9 gravures à 2 teintes,
et de vignettes sur bois. 1 très-beau vol. petit in-4°, riche cartonnage, t. b., couverture spéciale en 6 couleurs. 3.50

LA FÉE SUCRÉE

Ou la soirée de Noël, par *Mlle Adèle de Nouvion*, illustré de 9 gravures
à 2 teintes et orné de vignettes sur bois. 1 très-beau vol. petit in-4°,
riche cartonnage, t. b., couverture spéciale en 6 couleurs. . . .   3.50

POUDRE MERVEILLEUSE DE PERLINPINPIN

Par *Mme la comtesse A.-B. de Richecourt*, illustré de 9 gravures à
2 teintes et orné de vignettes sur bois. 1 très-beau vol. petit in-4°,
riche cartonnage, t. b., couverture spéciale en 6 couleurs. 3.50

M. DE SIMILOR EN CALIFORNIE

Par *M. C. de Saint-Estève*, illustré de 9 gravures à 2 teintes et orné de
vignettes sur bois. 1 très-beau vol. petit in-4°, riche cartonnage, t.
b., couverture spéciale en 6 couleurs. 3.50

LE COUSIN DU PETIT POUCET

Par *Alexandre de Saillet*, illustré de 9 gravures à 2 teintes. 1 vol.
petit in-4°, riche cartonnage, t. b., couverture spéciale en 6 couleurs 3.50

LES MÊMES OUVRAGES, *gravures coloriées*, riches cartonnages,
t. b. Prix de chaque ouvrage. . . . .   5 »